तहलका

THE POWER OF CRIME

विवेक कुमार पांडे शंभूनाथ

इस किताब को लिखने के दौरान कोई भी धर्म या जाति एवम् किसी भी परिवार के सदस्य को नुक्सान नहीं पहुंचाया गया है । इस किताब को लिखा है श्री विवेक कुमार पांडे शंभुनाथ जी ने ।

क्रम-सूची

प्रस्तावना

तहलका मचा देने वाली कहानी। क्राइम कभी खत्म ही नहीं होगा। जब तक प्रशासन कड़क ना हो। सरकार जानवरों की देखभाल क्यों नहीं करती है। उनके लिए भी बजट पास हो। एक सस्पेंस थ्रिलर से भरपूर है यह कहानी। जिसे विवेक कुमार पांडे जी ने लिखा है।

भूमिका

- **लेखक की जीवनी**

मेरा नाम विवेक कुमार पांडे है और मैं एक लेखक हु , में गुजरात के सुरत में निवास करता हूं.मेरा जन्म ३० सेप्टेंबर २००२ में हुआ था, और मुझे बचपन से एक्टर बनने का सोख रहा है और अभी भी है.। में कभी ये नहीं सोचता की लोग क्या कर रहे हैं में ये सोचता हूं कि में क्या कर रहा हूं, में आज सफल हूं तो अपने पापा की वजह से आज वो रहते तो उन्हें बहुत खुशी होती , वो सदा और हमेशा मेरे साथ रहेंगे.। मेरे रियल लाइफ के सुपरस्टार और सुपर हीरो मेरे प्यारे पापा है । आई लव यू पापा । पापा को मेरे हाथ कि चाय बहुत अच्छी लगती थी ।

जब उनका मन करता था चाय पीने के लिए तो वो कहते थे । मुझे चाय पीना है कौन बनाएगा मम्मी कहती में बना देती हूं लेकिन पापा कहते नहीं मेरा बेटा बनाएंगा । उसके हाथ कि चाय मुझे बहुत अच्छा लगता है । जब भी काम करके घर आने वाले होते हैं तब मुझे फोन करते है विवेक बेटा बोलो क्या खाओगे सेब ले लु । में कहता ठीक है पापा ले लिजिए । पापा कहते कितना लू एक किलो या 2 किलो । में कहता नहीं पापा सिर्फ में ही खाता हूं भईया और दीदी को फल अच्छा ही नहीं लगता है इसलिए 3 सेब ले लेना । लेकिन पापा मेरे लिए दो तीन किलो फल लेकर आ ही जाते थे । पहले ले लेते फिर मुझे फोन करते । हमेशा ऐसा ही करते थे ।

में ये नहीं कह रहा हूं कि मुझे बहुत ज्यादा प्यार और मानते थे । वो अपने तीनों संतानों को प्यार करते थे । सबसे छोटा तो में ही था घर में , मुझसे बड़ी मेरी बहन और मेरी बहन से भी बडे मेरे भईया । में आज भी वो दिन का इंतजार कर रहा हूं जब पापा मेरे लिए कुछ लेकर आएंगे । मेरे कान तरस रहे है वो आवाज़ सुनने के लिए । लेकिन कहते हैं जो चीज चली जाए वो कभी लौटकर नहीं आती है । आप सभी से निवेदन है

आप अपने मम्मी और पापा का ध्यान रखें । दुनिया में एक ही भगवान है वो है माता ओर पिता ।

मैं बहुत ही शरारती था बचपन में । मुझे किताब लिखने का शोख बचपन से ही था । जब मैं तीसरी कक्षा में पढ़ता था । तब से ही किताब लिखता था मैं और मेरा दोस्त हम दोनों किताब लिखके सभी को दिखाते थे और कहते थे जिन्हें मेरा किताब अच्छा लगे तो अपना हस्ताक्षर कर दे । मेरे अंदर एक बहुत ही खास विशेषता है मैं किसी के चक्कर में नहीं रहता हूं । कौन क्या कर रहा है करने दो मुझे कुछ फर्क नहीं पड़ता है । मुझे सिर्फ अपने आप पर ध्यान देना है ।

क्योंकि दुनिया में ऐसे भी लोग हैं जो नहीं खुद कुछ करना चाहते हैं और नहीं दुसरो को कुछ करने देना चाहते हैं । एक बात ध्यान रखें अगर आप कोई भी नया काम करते हैं तो पहले लोग ताना मारते ही है । ये मत करो वो मत करो तुम्हारे बस कि बात नहीं है , तुम नहीं कर सकते हो . मुझे यह पता नहीं चलता लोग इतना सुझाव क्यों देते हैं । हमें जो करना है हम वहीं करेंगे । कई लोग हैं जो दुसरो के कहने पर वही करते हैं लेकिन मैं आपसे कह रहा हूं आप जो करना चाहे वो करे किसी के कहने पर खाई में मत कुदे । आपकी जिंदगी आपके ही हाथों में है लोगों के हाथों में नहीं है ।

मेरा बस एक ही सपना है की मैं नाम कमाकर अपने पिताजी का अधुरा सपना पूरा करूं ।

1

तहलका : द पावर ऑफ क्राइम

तहलका मचा देने वाली कहानी। क्राइम कभी खत्म ही नहीं होगा। जब तक प्रशासन कड़क ना हो। सरकार जानवरों की देखभाल क्यों नहीं करती है। उनके लिए भी बजट पास हो। एक सस्पेंस थ्रिलर से भरपूर है यह कहानी। जिसे विवेक कुमार पांडे जी ने लिखा है ।

इस किताब को लिखने के दौरान कोई भी धर्म या जाति एवम् किसी भी परिवार के सदस्य को नुक्सान नहीं पहुंचाया गया है । इस किताब को लिखा है श्री विवेक कुमार पांडे शंभुनाथ जी ने ।

पात्र

एस पी प्रताप सिंह

विवेक कुमार पांडे (आईपीएस ऑफिसर)

बिडाल घाने (क्रिमिनल)

उत्तम शेरावत (डोन)

सुर्यकांत जैन

कुमार शिंदे (मुख्यमंत्री)

ईश्वर साह (सीबीआई ओफिसर)

इमाम हुसैन (क्रिमिनल)

कहानी कि शुरुआत होती हैं एक छोटे से गांव कि जहां पर सिर्फ क्राइम और रेप , नक्सलियों का आंतक रहता है । गांव का नाम शितल पुर था वह गुजरात में स्थित है .

प्रताप सिंह गांव के एस पी थे । पर काल उनको भी समेट कर चला गया । कोई भी पुलिस वाले कि हिम्मत नहीं होती थी कि उस गांव को मुसीबत से निकाले . पुलिस स्टेशन में तहखाना सिर्फ जुर्म करने वाले केदियों से भरा पड़ा था लेकिन उन्हें सजा भी कोई नहीं दे पाता पुलिस वाले सिर्फ जेल में रखते ओर बेल हो जाने पर उनको छोड देते .

अब शितल पुर में नए एसपी कि एंट्री नहीं , नए आईपीएस ऑफिसर विवेक कुमार पांडे कि हुई एंट्री . उनका स्टाइल ही अलग था . लेकिन देखते हैं वह अपने गांव के लिए क्या करते हैं . पहले ही दिन एक क्रिमिनल पकड़ा गया उसने एक सोनार की दुकान लूट ली थी .

विवेक कुमार पांडे (आईपीएस ऑफिसर) : क्यों तुने चोरी की पहले तेरा नाम बता .

अशोक पटेल : साहब मेरा नाम अशोक पटेल है .

विवेक कुमार पांडे (आईपीएस ऑफिसर) : तुने क्यों किया चोरी किसने कहने पर किया ये काम .

अशोक पटेल : मैंने अपने मर्जी से कि चोरी ओर बोलो साहब .

• पहले एक कहानी सुन ले उसके बाद आगे बढ़ेंगे

गुजरात के सुरत शहर कि यह कहानी है । जहां सत्यम , उमंग , दिवेश , विवेक , गौतम, गोकुल नगर कि सोसायटी में रहते थे । सोसायटी के एक दम नजदीक ही ग्राउंड था । सभी आपस में मित्र हैं ।

कहानी कि शुरुआत होती हैं क्रिकेट से पास ही एक बड़ा सा ग्राउंड था (प्यार से हम उसे पोपड़ा कहते थे) । गर्मी कि छुटियां थी इसलिए बच्चे मोज मस्ती कर रहे थे । सुबह का समय 10 बजके 10 मिनट हो रहे हैं और ये सभी ग्राउंड में पहुंच गए हैं ।

उमंग : आज तो हमारी ही टीम जीतेगी चाहे कुछ भी हो जाए ।

दिवेश : चल बे होशियारी नहीं । मुझे मत सिखा पता है ना तेरे 5 बोल पे 5 छक्के मारे थे मैंने याद है कि नहीं ।

उमंग : रात गई बात गई समझा । चल अब मार के दिखा बाबु ।

दिवेश : ठीक है चल बोल डाल ।

(उमंग ने पहला बोल डाला और उमंग ने बहुत ऊंचा छक्का मारा पास ही सब्जी मार्केट थी । बोल आलु वाले के सर पर गिरा ।)

दिवेश : देख लिया कितना ऊंचा मारा मैंने छक्का ।

गौतम : हां हां चल कोई नवाई नहीं है । छक्के लोग छक्के नहीं मारेंगे तो ओर क्या मारेंगे ।

(सभी हंसने लगे)

दिवेश : पहले जा बोल लेकर आ ।

गौतम : जिसने मारा वही लेकर आएगा । गेम का नियम यही था ।

सत्यम : कोई बात नहीं दुसरा बोल हैं । चलो इसी से खेलते हैं । वरना बोल लेने जो जाएगा वो बराबर का लेवाएगा । पिछली बार ये दिवेश ने पानीपुरी वाले भईया के लारी पर सिक्स मारा था । बिचारे पानीपुरी वाले भईया के रगड़ा मसाला गिरा दिया था । में तो नहीं जाने वाला । जिसने मारा वही जाएगा ।

दिवेश : ऐ नाटक चल ना इसी से खेलते हैं । बहुत नाटक है तुम लोगों का । दस रूपए ले लेना बोल किसका है ।

विवेक : मेरा। कहकर बादमें बोलता है कल दुंगा आज दुंगा और कभी देता ही नहीं है ।

दिवेश : यार हम दोनों एक ही मोहल्ले में रहते हैं फिर भी ठीक है दे दुंगा यार । उमंग नया बोल ले उसी से खेलते हैं ।

उमंग : में जानता हूं तुझे खेलने आता है । धीरे धीरे मार एक ही बोल हैं अब समझा ।

दिवेश : तुने ही मुझे चढ़ाया फिर अब क्या हुआ बोल ।

विवेक : तुम लोग खेलते कम ओर बक बक ज्यादा करते हो । खेलना है तो खेलों वरना घर चलो ।

(उमंग ने बोल डाला दुसरी बोल दिवेश ने सोसायटी में मारा । वो बोल जाकर सिधा हमारे समाने रहने वाली बुढ़ि माताजी को लगा । अब

हम तो वहां से भाग गए । हमारा नियम था । अगर खेलते समय किसी को लग जाए तो हम वहां से भाग जाएंगे । हमने भी वही किया । बुढ़िया हमको ढुंढ रहीं थी । ढुंढते - ढुंढते उसने पहले ग्राउंड में देखा वहां पर कोई भी नहीं था । हम लोग पहले ही भाग आए । हमे पता था बुढ़िया ढुंढेगी । बुढ़िया बहुत ही खतरनाक थी ढुंढने के बाद मारती थी । बढ़िया और एक दम नई - नई गालियां भी देती थी और साथ ही घर जाकर चापलूसी भी करती थी ।

अब अगर किसी को बिना कोई वजह के परेशान करेंगे तो लोग हमें थैंक यू सो मच थोड़ी कहेंगे । भाई ओर मुझे परेशान करो मजा आ रहा है ।)

विवेक : एकदम सही शोर्ट मारा दिवेश ने ।

दिवेश : तारीफ मत करो यार बहुत ही हर्ट होता है ।

विवेक : आज तो तु देख बुढ़िया तुझे कैसे मारेगी । आया बड़ा तारीफ मत कर ।

उमंग : पहले ये बताओ सालों विकेट लेकर आए या फिर वही पर छोड दिया ।

सत्यम : एक काम करो सभी चलो इसका विकेट लेकर आते हैं चलो चलो जल्दी । विकेट को लेके डबल करना अभी शांति रख बुढ़िया उधर खिड़की से देख रही होगी ।

उमंग : अरे यार मारा दादा मने मार से (मतलब मेरे दादाजी मुझे बहुत मारेंगे)

विवेक : आ जाएगा पहले खतरनाक बुढ़िया को जाने दे । रूको में धीरे से देखता हूं बुढ़िया कहा पर है । (बुढ़िया कुर्सी लगाकर ग्रांउड को ही देख रही थी) आज मेरा बोल गया बुढ़िया नहीं देगी । दिवेश अब तुझ पर 20 रूपया देना होगा मुझे ।

उमंग : चलो तो फिर घर चलते हैं ।

सत्यम : हां यार गर्मी हो रही है । घर चलते हैं ।

विवेक : तुम लोग तो निकल लोगे हम दोनों का क्या । बुढ़िया का घर हमारे घर के सामने ही हैं । में तो बोल दूंगा उमंग ने मारा बोल ।

उमंग : मेरा नाम क्यों देगा मैंने थोड़ी शोर्ट मारा दिवेश का नाम क्यों नहीं देगा । भाई आवू नहीं चाले (मतलब ऐसा नहीं चलेगा)

विवेक : हूं आवू नहीं चाले (क्यों ऐसा नहीं चलेगा) सभ चलता है ।

सत्यम : दिवेश का नाम लेना बस और कुछ नहीं । उसका नाम क्यों नहीं लेगा ।

विवेक : में दिवेश का नाम इसलिए नहीं लूंगा ताकि हम दोनों एक साथ ही रहते हैं । ये पहले माहाल पर में तीसरे माहाले पर ।

दिवेश : सही में मेरा पक्का यार तु ही है ।

विवेक : निकले लेते हैं घर पर छुपके - छुपके वरना बुढ़िया आज नहीं छोड़ेगी । चार फुट कि बुढ़िया बहुत पावर फुल है । मुझे तो अंडर टेकर कि तरह लगती है ।

दिवेश : दोपहर को 2 बजे आ जाना खेलने सभी ।

उमंग : मारा दादा मने नहीं आवा दे (मेरे दादाजी मुझे नहीं आने देंगे)

दिवेश : आ जाना यार फिर बार खेलने को नहीं मिलेगा ।

विवेक : सोसायटी में खेलो तो कहते हैं मेरे घर के सामने मत खेलो आगे जाव । आगे जाव तो कहते हैं इधर मत खेलना चलो भागो यहां से । आगे जाव - आगे जाव करते सोसायटी से ही बाहर आ जाते हैं । सोसायटी के बाहर फिर पान वाला कहता है । इधर मत खेलना गाड़ी आती जाती है तुम्हें चोट लग जाएगा ।

दिवेश : वही यार नसीब में खेलना ही नहीं लिखा है । एक ग्राउंड भी है तो सोसायटी के टच में ।

विवेक : चलो घर चलते हैं । भले बुढ़िया पीटेगी ।

गौतम : खा लेना मार अपनी मां समझ के ।

दिवेश : ठीक है इसका ही नाम दे देंगे उनके ही मोहल्ले में रहता है ना भाड़े पर ।

गौतम : अरे में तो मजाक कर रहा था ।

(सत्यम और उमंग , गौतम घर पर सुरक्षित चले गए । बचे सिर्फ में और दिवेश बुढ़िया कुर्सी लगाए बैठी थी । उसका पक्की खबर थी बोल हम दोनों ने ही मारा होगा । अब करें भी तो क्या करें । हम छुपके देख

रहे और इंतजार कर रहे थे बुढ़िया कब जाएगी । एक घंटा हो गया पर बुढ़िया गयी नहीं । मैंने भी कहा अपने दोस्त दिवेश से । दिवेश चलते हैं जो होगा देख लेंगे । हम दोनों गए ओर जिसका डर था वही हुआ । बुढ़िया ने हम दोनों को देख लिया दिवेश के हाथ में उसका बैट था फिर बुढ़िया ने हमें बुलाया । बुढ़िया गुजराती थी । लेकिन हमसे हिंदी में बात करती थी । बुढ़िया का शुभ नाम जानते हैं । बुढ़िया का शुभ नाम आरती था । बुढ़िया कि हाइट चार फुट ही थी ।)

आरती बुढ़िया : इधर आओ दोनों । कहां से आ रहे हो ।

दिवेश : बा हम मार्केट गए थे । मम्मी ने कहा था धनिया लाने को । (बा एक गुजराती शब्द है । बुढे और बुढ़िया को गुजरात में दादा और बा कहकर बुलाते हैं)

आरती बुढ़िया : तो दिकरा धनिया कहा पर है । मार्केट में नहीं मिला ।

विवेक : आज नहीं मिला हमने बहुत ढुंढा । फिर एक सब्जी वाले भैयाजी ने कहा धनिया का फ़सल ख़राब हो गया है इसलिए एक दो दिन धनिया नहीं मिलेगा ।

आरती बुढ़िया : अच्छा तो दिवेश ये बैट लेकर कहा गए थे ।

(मुझे लगा कि अब हम दोनों गए काम से लेकिन दिवेश ने बचा लिया)

दिवेश : मुझे इस बैट पर स्टिकर लगवाना था लेकिन स्टेशनरी वाले कि दुकान बंद थी ।

(बुढ़िया को सभ मालूम था । वो हमारे रघ - रघ से वाकिफ थी । उसने दिवेश के हाथ से बैट छिनकर दिवेश को दिया हेड शोर्ट और फिर मैंने बुढ़िया से कहा बा वो देखो आपकी बेटी आपको बुला रही है। बुढ़िया ने पीछे मुड़कर देखा कोई भी नहीं था। में और दिवेश वहां से जोर से भागे । बुढ़िया अब हमारे पीछे - पीछे आने लगी । दिवेश को ज्यादा जोर से नहीं लगा ।)

विवेक : दिवेश सुन अगर हम अपने घर में घुसे तो बुढ़िया भी आएगी । चल दो बाथरूम है जल्दी से छुप जाते हैं । वरना बुढ़िया घर जाकर चापलूसी करेगी तो और मार पड़ेगी ।

दिवेश : हां चल जल्दी से छुप जाते हैं ।

(बुढ़िया हमारे पीछे - पीछे आई मगर हम दोनों तो छुपे हुए थे । उसे हम मिले ही नहीं और बुढ़िया ने बोल को सीढ़ी पर रखा और अपने घर चली गई । बुढ़िया के जाने के बाद मैंने पहले अपना बोल ले लिया वरना मेरा दस रूपए का नुक्सान हो जाता ।)

विवेक : आज तो बच गए ।

दिवेश : आज बच गए ।

(फिर घर जाकर खाना खाया और मस्त मजा से सो गए लेकिन आप सभी को पता है हर एक फ्रेंड कमिना होता है । दोपहर को 2 बजे मुझे उमंग बुलाने आया । में उठा लेकिन मम्मी ने दिया जवाब)

उमंग : विवेक चल खेलने चलते हैं ।

मेरी मां : विवेक अभी नहीं जाएगा । सो रहा है । चार बजे के बाद जाएगा । इतना धुप में क्रिकेट नहीं खेलेगा । तुम भी जाओ सो जाओ । चार बजे के बाद आना ।

उमंग : ठीक है आंटी ।

(में इशारे से कहता चल आ रहा हूं । उमंग के जाने के बाद ।)

विवेक : मां में जाऊं खेलने ।

मेरी मां : नहीं जाकर दिखा फिर तेरा हाथ और पैर दोनों तोड़ दुंगी ।

(अब तो मुझे पक्का यकीन हो गया था, मां मुझे जाने नहीं देंगीं । फिर एक आखिरी रास्ता था ।)

विवेक : में जानता हूं आप मुझे प्यार नहीं करते हो । आप सिर्फ दीदी और भईया को प्यार करती हो ।

मेरी मां : वो में जानती हूं । सभ बहाना है तेरा लेकिन इतनी धुप में क्रिकेट खेलने जाएगा । काला हो जाएगा इसलिए नहीं जाना । चुपचाप सो जा ।

विवेक : ठीक है मां में सो जाता हूं । आज के बाद कभी क्रिकेट खेलने नहीं जाऊंगा । कभी भी नीचे ही नहीं जाऊंगा ।

मेरी मां : तब तो और अच्छा है । तु सो जा । सारा सामान मेरी बेटी लेकर आ जाएगी ।

(10 मिनट मस्का लगाने के बाद)

विवेक : मां जाने दो ना

मेरी मां : ठीक है जा लेकिन भईया आए उससे पहले आ जाना वरना मारेगा भईया तुझे।

विवेक : ठीक है मां।

(में गया पहले दिवेश को बुलाकर लाया। वो भी मेरे साथ नीचे आया। बुढ़िया को दोपहर को भी शांति नहीं थी। बुढ़िया मस्त कुर्सी लगाकर अखबार पढ रही और चाय कि चुस्की ले रही थी।)

विवेक : उमंग यार रहने देते हैं। बुढ़िया बैठी है।

दिवेश : हां उमंग जाकर सो जाओ। सुबह ही बुढ़िया ने मुझे मेरे ही बैट से मारा।

उमंग : क्या बात है यार तुझे बुढ़िया बहुत ही प्यार करती है।

दिवेश : एक बार उसके सामने जाकर बोल दे। आज सुबह बोल मारा था है हिम्मत।

उमंग : में नहीं जाऊंगा अंडर टेकर से मार खाने।

विवेक : ये बुढ़िया है तो खेल होगा नहीं उससे अच्छा में सो जाता हूं।

दिवेश : अरे यार रूक जा। क्रिकेट नहीं तो छुपन - छुपाई खेल लेते हैं।

विवेक : हां अब बस वही पर रह गया है। अबे गधे अगर हम कहीं छुपने जाएंगे किसी के घर में या गली में तो अगर किसी ने देखा तो हमें पुछेंगे इधर क्या कर रहे हैं अगर किसने ऐसा समझ लिया कि हम चोरी करने आए तो फिर क्या करेंगे। मामला फिर गर्म हो जाएगा।

दिवेश : हमारे नसीब में खेलना ही नहीं लिखा है कुछ भी करने जाओ या कुछ भी खेलने जाओ पनौती लग ही जाता है।

उमंग : एक काम करते हैं सबसे अच्छा वडा पाव खाने चलते हैं।

सत्यम : पागल है क्या तू इतनी गर्मी में वडापाव खाएगा।

गौतम : मैं जानता था यह पहले से ही पागल है जैसे इसके दादा पागल वैसे यह भी पागल।

उमंग : एक पागल ही पागल को समझ सकता है गौतम ने मुझे समझ लिया।

गौतम : चल हवा आने दे।

विवेक : अभी तो बहुत - बहुत ज्यादा हवा आएगा इतना हवा आएगा कि तुम सब को भागना पड़ेगा इधर से । दिवेश आज भाकरी और बैगन की सब्जी खा कर आया है और साथ में छाछ पी कर आया है तो इसका खाना पचने ही वाला बस इसे थोड़ा सा गैस हो गया है ।

दिवेश : यार मेरी भी इज्जत होती है कि नहीं । जहां भी मन करे कहीं भी उड़ा दो मेरी इज्जत ।

विवेक : मेरे पास एक और आईडिया है । मेरे घर चलो हम सभी छत पर बैठकर अंताक्षरी खेलेंगे इसमें किसी को भी डिस्टर्ब नहीं होगा कोई हमें नहीं भगाएगा ।

उमंग : हां यही ठीक रहेगा कोई हमें डिस्टर्ब नहीं करेगा ।

(हम सभी आ गए मेरे छत पर)

विवेक : ठीक है तो टीम बना लेते हैं । मैं और दिवेश एक टीम में । सत्यम , गौतम और उमंग तुम तीनों एक टीम में मंजूर है ।

उमंग : अरे हम तीन बहुत काफी है तुम दोनों के लिए ।

विवेक : पहले गेम का नियम तो सुन ले फिर बोलना हम तीन काफी है । हमें अंताक्षरी में बॉलीवुड के गाने नहीं गाने हमें गाना सिर्फ बुढ़िया के बारे में गाना । सिर्फ और सिर्फ बुढ़िया के ऊपर गाना गाना है । तो सभी तैयार रहे । पहले हम गाते हैं । चल दिवेश हमारी तरफ से तू गा । हमें बॉलीवुड की म्यूजिक को यूज कर बुढ़िया के ऊपर गाना बनाना है और हमें लास्ट में बताना है कि हमने कौन सा म्यूजिक यूज़ करके बुढ़िया पर गाना बनाया है ।

दिवेश : यह बुढ़िया कब जाएगी मेरे यार सजना

इसका उम्र हो गया है पार सजना

बुढ़िया को भगाओ सजना । बुढ़िया को भगाओ सजना ।

*यह गाना (हो गया है तुझको प्यार सजना)फिल्म दिलवाले दुल्हनिया ले जायेंगे का है ।

विवेक : चल उमंग अब तुम्हारी बारी कम ऑन तुम कर सकते हो ।

उमंग : तुम मानो या ना मानो दिवेश पर बुढ़िया का दिल है आ गया ।

ये बुढ़िया हाय अल्लाह हाय हाय रे अल्लाह ।

ये बुढ़िया हाय अल्लाह हाय हाय रे अल्लाह ।।

*ये गाना फिल्म कभी खुशी कभी गम का है । (गाना : ये लड़का हाय अल्लाह हाय हाय रे अल्लाह)

सत्यम : उमंग ने तो मंच पर आग लगा दी गीत गाकर । विवेक अब तुम्हारी बारी ।

विवेक : क्रिकेट बुढ़िया हमको खेलने नहीं देती हैं ।

जब-जब ग्राउंड में जाते वह टपक जाती है ।

हम तो खेलने अब जाएं कहां पर ।

बुढ़िया नहीं मानती बस बैठी रहती कुर्सी लगाकर।

एक भगवान से खैर मंगदी ।

बस बढ़िया को उठा लो मेरे भगवान ।

एक मेरी खैर मंगदी ।।

बस बढ़िया को उठा लो मेरे भगवान

एक मेरी खैर मंगदी मैं ।।

*ये गाना एक एलबम है गाने का नाम एक तेरी खेर मंगदी

दिवेश : वाह क्या गीत गया है मेरे दोस्त ने एक जोर कि तालिया तो बनता है । चलो अब तुम लोग गाओ ।

सत्यम : बुढ़िया बड़ी हारामी है ।

हम सभ के घर पर चापलूसी करने जाती है ।

 बातों - बातों में हमको वह धमकी देती रहती है ।

हो हो हो हो हो ।।

* ये गाना कुछ कुछ होता है फिल्म का है । (गाने का नाम: लड़की बड़ी अंजानी है)

उमंग : अरे धीरे-धीरे गा वरना बुढ़िया सुनेगी तो तुझे कच्चा चबा जाएगी । मेरे को बुढ़िया से बहुत डर लगता है ।

विवेक : रुको रुको मैं पहले सत्यम से कुछ कहना चाहता हूं ।

बुढ़िया का घर तो नीचे है ।

बुढ़िया का कान तो इधर है ।

बुढ़िया तेरा गीत सुनेगी तब तू बराबर लेवाएगा ।

हो हो हो हो हो हो हो हो हो ।।

गौतम : अरे यार नहीं लेवाएगा सत्यम चलो अब तुम लोग गाओ अब तुम्हारी बारी है ।

विवेक : ये गाना में अपने दोस्त दिवेश के लिए गा रहा हूं , ध्यान से सुनना सभी ।

बुढ़िया - बुढ़िया दिवेश को पुकारे उसकी प्यारी बुढ़िया ।

बुढ़िया के हाथों में तु बैट दे के आ रे ओ ओ ओ ।

बुढ़िया हमारी दिवेश पुकारे उसकी प्यारी बुढ़िया .।

*ये गाना फिल्म आरजु का है जिसमें में माधुरी दीक्षित है । (गाना का नाम : साजन साजन तेरी दुल्हन)

(छत पर आए एक आंटी हमारा पागलपन देख रही थी और सुन रही थी । फिर हमसे कहने लगी ये तुम लोग क्या कर रहे हो जाकर सो जाओ अभी और सोने दो हमें मैं नीचे से ऊपर आखिर कौन गीत गा रहा है वह भी दोपहर के समय चलो भागो । कहते हैं नसीब का साथ नहीं तो हमारा भी साथ नहीं । हम भी जाकर सो गए . लेकिन अंताक्षरी खेलने में बहुत मजा आया है ।)

(अगले ही दिन बुढ़िया के पोते का जन्म दिन था और बुढ़िया ने हमें बुलाया नहीं । हम इंतजार में बैठे थे बुढ़िया अब हमें बुलाएगी । हमें भी केक खाने का बेसब्री से इंतजार था । हम भी कुछ कम नहीं थे । बिन बुलाए ही बुढ़िया के घर पर चले गए । वहां पर एक अंकल खड़े थे हमने उनसे कहा अंकल हमें भी नाश्ता दे दो । अंकल ने हम पांचों को नाश्ता दे दिया और जब वहां से जाने लगे तब बुढ़िया ने देख लिया । बुढ़िया कहने लगी रुको किसने कहा तुम्हें नाश्ता ले जाने को ।

हम इतनी रफ्तार में भागे बिचारा हमारा दोस्त उमंग नाश्ता का डिस लिए ही सीढ़ी पर से गिर गया लेकिन ज्यादा चोट नहीं लगा । हमें अफसोस उसके लिए नहीं था कि हमारा दोस्त सीढ़ी से नीचे गिर गया । हमें अफसोस सिर्फ इस बात का था बिचारे का केक और नमकीन नीचे गिर कर खराब हो गया । ये दिन भी बित गया । अगले दिन हमने प्लानिंग बनाया मंदिर में घुमने जाएंगे । हमारे सोसायटी में ही मंदिर था । हमारे सोसायटी में करीब 500 से ज्यादा घर था । भुल बुलाया कि तरह हमारा गोकुल नगर सोसायटी था । सुबह के सात बज रहे थे और

हम सभी दोस्त नहा-धोकर तैयार थे ।)

विवेक : चलो आज पहली बार तो जल्दी उठे । नहीं तो कभी सात बजे नहीं उठते थे । में रोज 8 : 30 में उठता था ।

उमंग : भाई में तो हर रोज सुबह 6 बजे उठ जाता हूं , अपने दादाजी के साथ व्यायाम करने जाता हूं ।

सत्यम : चल उस में कोई नया बात नहीं है । में हर सुबह 4 बजे दौड़ने जाता हूं ।

विवेक : अरे यार फेकम - फैंकी कम करो अब चलो ।

(मंदिर जाकर हमने भगवान के दर्शन किए । आते वक़्त हमने कुछ ऐसा देखा की उसी के बारे में सोचने लगे काश कोई हमें भी ऐसा कहता ।)

विवेक : देख रहे हो । यहां कि आंटी कितनी अच्छी है । सभी बच्चे क्रिकेट खेल रहे हैं लेकिन इन्हें कोई भी नहीं डांटता है ।

गौतम : सिर्फ हमारे साइड हि ऐसे लोग हैं जो हमें क्रिकेट खेलने नहीं देते हैं ।

(फिर मेरी दिमाग कि बत्ती जली मैंने कहा .)

विवेक : सुनो अब हम क्रिकेट मेरे छत पर खेलेंगे ।

गौतम : अरे लेकिन मजा नहीं आएगा । छोटा सा तो छत है ।

उमंग : छत पे खेलेंगे तो अगर बोल नीचे गया तो बार बार लाने कौन जाएगा । बोल लाते थक जाएंगे ।

विवेक : आराम - आराम से खेलेंगे । प्लेड- प्लेड खेलेंगे नो प्रोब्लम । आज 9 बजे से खेलेंगे आ जाना सभ मेरे घर ।

दिवेश : खेलने में दिक्कत होगा छत पर किसी आंटी ने अगर रस्सी पर कपड़े सुखने के लिए रखें होंगे तब क्या करेंगे ।

विवेक : तब हम कपडा को एक साइड कर देंगे कोर्नर पर ताकि बोल भी ना जाए और हम आराम से क्रिकेट भी खेल लेंगे लेकिन एक रिक्स लेना पड़ेगा । एक बात का ध्यान रखना जो भी बैटिंग कर रहा होगा वो भुल के भी बोल को नहीं छोड़ेगा वरना बोल जाएगा तीसरे मोहल्ले से नीचे और फिर नीचे से बुढ़िया बोल ले लेगी अगर उसे लगा भी ना हो तभी बोल लेगी और नहीं लगेगा तभी बोल लेगी ।

सत्यम : चलना भाई सभ चलेगा नहीं जाएगा बोल । कम से कम शांति से खेलने को मिलेगा । में 9 बजे आ जाऊंगा ।

(9:00 बजे मेरे सभी दोस्त मेरे घर आ गए । हमारा घर भी इतना कुछ खास बड़ा नहीं था । मेरे घर में टोटल 5 लोग रहते थे । मैं था और मेरी दीदी और उससे भी बड़े मेरे भईया और सबसे छोटा में और मेरे माता पिता । मेरा घर तीसरे मोहल्ले पर था । घर का जो छत था वो पतरे का था । सिंगल रूम था पर थोड़ा छोटा था मगर अच्छा था । छत बहुत बड़ा था रात को सोने के लिए आते थे मोहल्ले के लोग ।)

विवेक : ध्यान रखना ज्यादा आवाज नहीं होना चाहिए और बोल नीचे नहीं जाना चाहिए वरना बुढ़िया कच्चा खा जाएगी ।

(बुढ़िया तो पहले से ग्रहण थी और हमारे मोहल्ले में मकान मालिक की बेटी उसका नाम चंपा था सभी उसे प्यार से चंपाबेन बुलाते थे उनका ही बेटा दिवेश मेरा दोस्त था और अभी भी है । छत के ठीक नीचे दूसरे महाले पर वो रहती थी । कुछ भी अगर आवाज आता छत से तो वह ऊपर आ जाती थी । जो छत पर खेलता आवाज करता उसको वह डांटती थी । लेकिन हम हर दिन चुपचाप और शांति से क्रिकेट खेलते थे ।

हम लगातार तीन-चार दिन छत पर क्रिकेट खेले । एक दिन क्या हुआ जब खुद चंपा मासी कपड़ा डालने के लिए छत पर आए और उन्होंने हमें रंगे हाथ पकड़ लिया और पहले तो बहुत चिल्ला है इधर खेलना मत और इधर अपने दोस्तों को भी लेकर मत आना । वह मजबूर थी लेकिन हम मजबूर नहीं थे 1 दिन डांटा अगले दिन फिर से शुरू हो गए हम ।)

विवेक : देखो क्रिकेट खेलना है तो अब कोई आवाज मत करना और रन मत दौड़ना क्योंकि जब हम दौड़ेंगे तब आवाज नीचे जाएगी और नीचे जाएगी तो दिवस की मम्मी आएगी फिर वह हमें खेलने नहीं देगी ।

सत्यम : पहले टीम बना लेते हैं । दिवेश और विवेक कप्तान रहेंगे चलों टिम बनाओ दोनों । हम चार में से कोई एक डब्ल्यू रहेगा ।

विवेक : मैं टीम नहीं बनाऊंगा और नहीं कप्तान रहूंगा । गौतम और उमंग कप्तान रहेंगे वही दोनों टीम बनाएंगे नहीं तो मैं और गौतम टीम बनाएंगे ।

सत्यम : नहीं तुम और गौतम टीम नहीं बनाओगे क्योंकि मैं जानता हूं अगर टोस तू जीता तो तू पहले दिवेश को मांगेगा हमको वो जमेगा नहीं ।

विवेक : मैं और उमंग टीम बनाते हैं । चल मैं मांगता हूं गौतम को अब तु मांग ।

उमंग : मेरे में दिवेश ।

विवेक : सत्यम डब्ल्यू । पहले हमारी बैटिंग और जीत का दाव रहेगा । अनलिमिटेड ओवर जब तक हमें ओल आउट नहीं करते ।

उमंग : ठीक है चल तुझे बैटिंग दिया ।

विवेक : पहले कुछ नियम तो सुन ले ,आज नया नियम लागू होगा । पहला नियम जिसने बोल को जोर से हिट किया और बोल गया बहुत दूर तो बोल वह लेने नहीं जाएगा .।

दिवेश : तो कौन जाएगा ?

विवेक : फिल्डर जाएंगे । दूसरा नियम अगर गलती से किसी ने बाउंसर डाला और बोल गया गुड़िया के घर पर तो उसे बोल का पैसा देना पड़ेगा .। अगर बाई चांस बुढ़िया का सर फूटा तो बुढ़िया की मरहम पट्टी उसी को करवानी पड़ेगी .।

उमंग : ठीक है मंजूर है ।

विवेक : तीसरा नियम । यह नियम बहुत खास है अगर मैं बैटिंग कर रहा हूं और गलती से सामने कि टीम के कप्तान को बोल लग गया तो 10 रन .।

उमंग : भाई यह कौन सा नियम है । मुझे मंजूर नहीं भाई ऐसा नियम मैंने तो असली क्रिकेट में भी नहीं देखा. ।

विवेक : रहने देते हैं आज क्रिकेट नहीं खेलेंगे चलो घर पर जाकर सो जाओ. ।

उमंग : अरे दिवेश रहने देना एक तो खेलने को मिल रहा है और ऊपर से तू नाटक कर रहा है बनाने दे इसको नियम हमको भी तो नियम का फायदा होगा ना अगर यह हमें मारेगा तो हम भी इसको बोल मार के 10 रन ले सकते. ।

(5 मिनट खेलने के बाद गौतम को नेचर कॉल आया । उसको जोर से दो नंबर लगा था । उसने पहले हमसे कहा.)

गौतम : विवेक तू खेल मैं जरा आता हूं शायद मेरी मम्मी मुझे बुला रही है ।

(हमें वह साफ - साफ नहीं कह रहा था कि उसे हगने जाना है । हमने भी उसे जाने नहीं दिया । दिवेश कहने लगा भाई तू हमारी बैटिंग देकर जाना बिना बैटिंग दिए हम तुझे जाने नहीं देंगे । फिर गौतम हमसे बहाना करने लगा मेरा पेट दर्द हो रहा है मैं साइड में बैठ रहा हूं । मैंने कहा ठीक है साइड में बैठ जा । गौतम बिचारा 10 मिनट तक अपने आप को कंट्रोल किया बाद में उसने बैठे-बैठे ही छत पर हग दिया . ।

बिचारा मजबूर था और उसने पेंट में ही अपना काम कर लिया ओर जब गौतम खड़ा हुआ । तब लंगड़ाते - लंगड़ाते चल रहा था । हमने कहां क्या हुआ गौतम तुझे ।)

गौतम : अरे बस पेट दर्द और पैर दर्द हो रहा है । अब लगता है मुझ चला नहीं जाएगा ।

उमंग : मुझे लगता है , ये एक जगह बैठा था इसलिए इसकी पैर कि नस दब गई है इसलिए पैर में झनझनाहट महसूस हो रही है रूक में तेरे पैरों कि मालिश कर देता हूं ।

गौतम : (घबराते हुए) नहीं नहीं यार में ठीक हुं ।

(उमंग बहुत जोश में गया और उसने उसकी पैर की मालिश की और तभी उसके हाथ में पीला पीला कुछ लग गया । उमंग का पोपट हों गया ।)

सत्यम : गौतम ने पेंट में हग दिया है । अरे बाप रे इतना बड़ा होकर चडी में हग दिया "छीछी".

विवेक : उमंग धन्य हो गया उसके हाथों में पोटी लग गई । उमंग जाके हाथ धो ले और गौतम फ्रेश होकर आ जा ।

(हमारी कहानी ऐसी ही चलती रही । हम बहुत पक चुके थे , अब कुछ नया करना था । रोज रोज क्रिकेट खेलना मजा नहीं आता । अब करें भी तो क्या करें । बस एक बुढ़िया ही थी जिससे हमारा मन लगता था । हमने सोचा कि बुढ़िया के पास जाए लेकिन हम जाने से कतराते थे

।)

एक दिन हमारे सोसायटी में एक 22 साल के लड़के का जन्म दिन था । तो उसके दादाजी पुरी सोसायटी में गुंदी और गाठीया दे रहे थे । हम सभी कि नज़र पड़ गई । हमने क्या किया एक बार लेके आ गए फिर सोचा दुबारा जाएं लेकिन बुढ़वा भगा देता । हम भी कुछ कम नहीं थे कपड़ा बदल कर गए , मुंह पर रूमाल बांध के पहले तो बुढ़वा देखता रहा कौन है भाई लेकिन हम फटा फट लेके निकल गए ।

हमारा दिन ऐसे ही कटता रहा तभी कहानी में एक नया ट्विस्ट आया मेरे दोस्त उमंग के घर उनके फूफा जी और अंकल आंटी आए थे . मेरे दोस्त के फूफा जी बहुत पढ़े लिखे थे . कोई भी बच्चा उन्हें मिलता तो वह सवाल पूछना शुरु कर देते , इतना सवाल पूछते इतना सवाल पूछते एक बार शुरू करते तो खत्म ही नहीं होता बच्चे ही भाग जाते हैं . हम चारों दोस्त भी अपने दोस्त के घर जा पहुंचे , उमंग के फूफा जी ने हमको देखा और बुलाया .

विवेक : हेलो अंकल कैसे हो मेरा नाम विवेक है और आपका ?

संजय : मेरा नाम संजय . तुम अभी क्या करते हो

विवेक : मैं आजकल मजाक करता हूं .

संजय : अच्छा ऐसी बातें वाह तुम यह भी काम अच्छा कर लेते हो . कहां से मिला तुम्हें इतना महान नॉलेज .

विवेक : कुदरत का दिन है कैसे भुला जाऊं मैं .

संजय : कौन सी क्लास में पढ़ते हो ?

विवेक : 4 थी क्लास में पढ़ता हूं .

संजय : बहुत बढ़िया काफी होशियार दिख रहे हो तुम .

विवेक : वह तो मैं बचपन से ही हूं .

संजय : मैं तुमसे कुछ सवाल पूछूं जवाब दे पाओगे उसका या फिर रहने दो तुमसे ना पूछूं .

दिवेश : संजय अंकल पहले आप तो बताइए आप कहां तक पढ़े हैं .

संजय : बातों बातों में तुम्हें बताना भूल गया । मैंने पोस्ट ग्रेजुएशन कंप्लीट किया है और मैं एक वकील हूं .।

विवेक : इसीलिए हमारे साथ वकालत कर रहे हो अंकल .

संजय : नहीं मैं वकालत नहीं कर रहा हूं . मैं देख रहा हूं आजकल के बच्चों को पढ़ने में ज्यादा ध्यान नहीं देते सिर्फ मोबाइल मोबाइल !!और खेलना कूदना बस इसी में इंटरेस्ट रखते हैं . लगता है तुम चारों डर गए क्या मेरे सवाल से इसलिए मुझे कब से घुमा रहे हो गोल - गोल .

गौतम : अरे अंकल सवाल पूछो ना बिंदास .

संजय : पहला सवाल भारत कब आजाद हुआ था ?

दिवेश : देखिए अंकल मैं आपको एक बात कहना चाहता हूं जब भारत आजाद हुआ था तब तो हम थे नहीं तो इसका जवाब नहीं दे सकते आई एम सॉरी . प्लीज चेंज द क्वेश्चन ?

गौतम : मुझे पता है भारत कब आजाद हुआ था लेकिन मैं क्यों बताऊं . मैं जवाब बताने के लिए कुछ रिश्वत लेता हूं अगर अंकल देंगे तो मैं बोलूंगा .

संजय : कितना चाहिए तुझे बोल ?

गौतम : ₹20 रुपए चाहिए .

संजय : ठीक है तुझे ₹20 दिया . ये ले तेरे ₹20 रुपए अब जवाब दे .

गौतम : भारत 26 जनवरी 1945 में आजाद हुआ था . क्या बोला था मैंने जवाब मुझे आता है बोल दिया ना . अब मेरा कोई जवाब कॉपी मत मारना .

संजय : कहां पर तुमने पढ़ा था कि भारत 26 जनवरी 1945 को आजाद हुआ था . मैंने तो आज तक ऐसा कभी भी नहीं पढ़ा ,तुमने कौन सी किताब में पढ़ लिया भाई . गलत जवाब है कोई है जो बता सकता है .

विवेक : अगर आप में दम हो तो यही सवाल अपने उमंग भतीजे से पूछिए ना .

संजय : उमंग बता देगा इसका सही जवाब वह तुमसे ज्यादा होशियार है . उमंग बेटा जवाब बोलो .

उमंग : मुझे इसका जवाब नहीं आता है . लेकिन मैंने कहीं पढ़ा था अभी याद नहीं आ रहा है .

विवेक : वो सब कुछ बहाना है तुझे इसका उत्तर आता ही नहीं है . तब तेरे फूफा जी बोल रहे थे सबसे ज्यादा होशियार मेरा उमंग है . तु बहुत ज्यादा होशियार निकला .

संजय : उमंग बेटा तुमसे यह उम्मीद नहीं था इतना आसान से सवाल का जवाब तुम नहीं दे पाए .

विवेक : मैं बताता हूं इसका सही जवाब . शायद मेरे ख्याल से भारत 15 अगस्त को आजाद हुआ था लेकिन कौन से सन में हुआ था वह मुझे नहीं पता है .

संजय : तुम्हें भी नहीं आता .

विवेक : अरे अंकल अभी मैं बच्चा हूं धीरे-धीरे सब कुछ जान जाऊंगा , पर मुझे पता तो है कि भारत 15 अगस्त को आजाद हुआ था और इनको तो इतना भी नहीं पता है . हर साल 15 अगस्त स्कूल में मनाया जाता है .

दिवेश : तो आप ही विस्तार में बता दें कि भारत कैसे और कब आजाद हुआ था .

संजय : ध्यान से सुनो मेरी बात को . भारत को आज़ादी दिलाने के लिए बहुत से क्रांतिकारी शहीद हो गये. अगर उन्होंने अपनी कुर्बानी नहीं दी होती तो आज भी हम अंग्रेजो के गुलाम होते. गुलामी ही हमारे देश में गरीबी का कारण है, भारत का काफी समय तक शोषण हुआ जिस वजह से विकास में काफी समय लगा. कभी इस देश को सोने की चिड़िया कहा जाता था लेकिन गुलामी के बाद से लगभग सब कुछ बदल गया. लेकिन फिर भी हार ना मानते हुए आज़ादी के बाद सभी भारतीयों ने अपनी मेहनत के दम पर दुनियाभर में कामयाबी पाई है. हम सभी को गर्व होना चाहिए की हमने भारत के मिट्टी पर जन्म लिया है.

*भारत कब आज़ाद हुआ था?

भारत 15 अगस्त 1947 में आज़ाद हुआ था. आज से ठीक 72 साल पहले हमारा देश ब्रिटिश हुकूमत से आजाद हुआ. ब्रिटीशर्स ने भारत पर लगभग 200 साल तक शासन किया, ना जाने कितने लोग शहीद हुए तब जा कर भारत को आज़ादी मिली.

*भारत कैसे आज़ाद हुआ?

आप में से बहुत लोग यह सवाल भी जानना चाहते होंगे की भारत अंग्रेजो का गुलाम कैसे बना तथा किस प्रकार भारत को आज़ादी मिली. इसकी शुरुवात 1600 में ईस्ट इंडिया कंपनी की स्थापना के साथ हुई.

ईस्ट इंडिया कंपनी ने भारत के मुगल बादशाह जहांगीर से इजाजत लेकर इस कंपनी का आरंभ किया. कंपनी का गठन मसाले के व्यापार के लिए किया गया था. लेकिन समय के साथ इसने कपास, रेशम, चाय, नील और अफीम का भी व्यापार शुरू कर दिया. बाद में कंपनी ने भारत के लगभग सभी क्षेत्रों पर अपना सैनिक तथा प्रशासनिक हक जमा लिया था.

ईस्ट इंडिया कंपनी ने भारतियों पर अपना अत्याचार शुरू कर दिया. भारत लगभग अपना अधिकार खो चूका था प्रशासन तथा सेना भी अंग्रेजो के हाथ में आ गयी थी. अंग्रेजो ने अपना अत्याचार जारी रखा और लोगो का शोषण करते रहे. भारत में लोग गरीबी से मर रहे थे वही दूसरी तरफ अंग्रेज उनसे लगान वसूलने में लगी रही. इस परिस्थिति को देखते हुए क्रांतिकारी जन्म ले चुके थे और युद्ध की तैयारियां होने लगी. यह सब देखते हुए ब्रिटेन की महारानी ने ईस्ट इंडिया कंपनी से भारत पर राज करने का अधिकार वापस ले लिया. सन 1858 में 'गवर्नमेंट ऑफ इंडिया एक्ट 1858' पास कर दिया गया. अब ब्रिटिश क्राउन का भारत पर सीधा नियंत्रण हो गया, जिसे ब्रिटिश राज के नाम से जाना जाता है.

ईस्ट इंडिया कंपनी ख़तम होने के बाद भारत में विकास दिखने लगा. सबसे पहले न्याय व्यवस्था स्थापित करने के लिए सुप्रीम कोर्ट का गठन किया गया. इसके बाद हावड़ा-कोलकाता से रानीगंज की 120 किमी लंबी रेल लाइन बनाने का फैसला लिया गया. इसके अलावा भारत में पोस्टल सिस्टम और टेलीग्राफी की भी शुरुआत की गई. वैसे तो इसमें अंग्रेजो का ही फायदा था लेकिन देश में विकास देखने को मिल रहा था.

1939-1945 द्वितीय विश्व युद्ध का समय था यह लगभग 6 साल चला. इस युद्ध की शुरुवात तानाशाह हिटलर द्वारा हुई जिसमे लाखों लोग मारे गये. जब 1945 में यह युद्ध समाप्त हुआ उस समय तक ब्रिटेन की आर्थिक हालात काफी दयनीय हो गयी थी. उस समय वे अपने देश पर ही शासन नहीं कर पा रहे थे तो ऐसे में भारत पर शासन करना काफी मुश्किल प्रतीत हो रहा था. उसी समय 1945 में ब्रिटिश चुनाव हुए और लेबर पार्टी की जीत हुई. इस जीत के कारण आज़ादी की रुकावट कम हो गयी. क्योंकि लेबर पार्टी ने अपने मैनिफेस्टो में भारत जैसी

दूसरी इंग्लिश कॉलोनियों को भी आज़ादी देने का वादा किया था.

यह निर्णय लिया गया की भारत को 1948 में आज़ादी दी जाएगी. लेकिन उस समय जिन्ना और नेहरू के बीच बंटवारा भी एक मुद्दा बना हुआ था. जिन्ना के अलग देश की मांग के कारण भारत के कई इलाकों में साम्प्रदायिक झगड़े शुरू हो गए थे. हालात ज्यादा ना बिगाड़ें इस कारण से लार्ड माउंटबैटन ने 1948 का इन्तेजार ना करते हुए 1947 को ही आजादी देने का फैसला किया. इस प्रकार भारत और पाकिस्तान अलग हुए तथा एक साथ दोनों को आज़ादी मिली.

लेकिन बहुत से लोग पूछते है अगर पाकिस्तान 15 अगस्त को आज़ाद हुआ तो पाकिस्तान में स्वतंत्रता दिवस 14 अगस्त को क्यों मनाते है. वास्तव में पाकिस्तान को अलग राष्ट्र की स्वीकृति 14 अगस्त को मिल गयी थी. इसी दिन ब्रिटिश लॉर्ड माउंटबेटन ने पाकिस्तान को स्वतंत्र राष्ट्र का दर्जा देकर सत्ता सौंपी थी. साल 1948 में पाकिस्तान में आजादी की तारीख को 14 अगस्त कर दिया गया था. कई मीडिया रिपोर्ट्स के अनुसार उस दिन रमजान का 27वां दिन था. जो इस्लामी कैलेंडर के अनुसार खास और पवित्र दिन माना जाता है.

अब समझे मेरी बात को , भारत कब और कैसे आजाद हुआ था .

गौतम : आपने तो पूरी कहानी सुना दि हमें .

सत्यम : कुछ ज्यादा समझा दिया .

विवेक : अंकल अब हम आपसे कुछ सवाल पूछेंगे आप उसका जवाब देना . पहला सवाल एक हाथी को फ्रिज में कैसे बंद करेंगे .

संजय : यह नामुमकिन है . एक हाथी को फ्रिज में कैसे बंद कर सकते हैं इतना बड़ा तो फ्रीज भी नहीं है . छोटा सा फ्रिज और हाथी इतना बड़ा नामुमकिन इसका सही जवाब है . एक हाथी फ्रिज में बंद नहीं हो सकता है .

विवेक : गलत जवाब दिया अंकल आपने . इसका सही जवाब है , एक हाथी को फ्रिज में दरवाजा खोल कर रख सकते हैं .

संजय : यह कैसा सवाल है . पहली बात हाथी फ्रिज में आ नहीं सकता है .

विवेक : मैंने आपसे यह नहीं पूछा था कि हाथी फ्रिज में आएगा या नहीं आएगा आपसे बस इतना पूछा था कि एक हाथी को फ्रिज में कैसे बंद किया जाए सब मिलाकर आपने उत्तर दिया गलत .

संजय : दूसरा सवाल पूछो .

विवेक : दूसरा सवाल अच्छा अंकल बताओ हमें 1 और 1 कितने होते हैं .

संजय : इतना आसान सा सवाल है, एक और एक दो होता है.

विवेक : आपने फिर से उत्तर दिया गलत . एक और एक ग्यारह होते हैं .

संजय : तुम जीतना बातें बनाते हो उतना तुम सभी मेहनत करो जम के .

दिवेश : (हंसते हुए) ये मेहनत क्या होता है .

संजय : अभी समझा देता हूं . तो सुनो

*क्या है परिश्रम

शारीरिक व मानसीक रूप से किया गया काम परिश्रम कहलाता है. ये काम हम अपनी इच्छा के अनुसार चुनते है, जिसे लेकर हम अपने उज्जवल भविष्य की कामना करते है. पहले श्रम का मतलब सिर्फ शारीरिक श्रम होता था, जो मजदूर या लेबर वर्ग करता था. लेकिन अब ऐसा नहीं है, श्रम डॉक्टर, इंजिनियर, वकील, राजनैतिज्ञ, अभिनेता-अभिनेत्री, टीचर, सरकारी व प्राइवेट दफ्तरों में काम करने वाला हर व्यक्ति श्रम करता है.

कामयाब व्यक्ति के जीवन से हम परिश्रम के बारे में अधिक जान सकते है, उनके जीवन से हमें इसकी सही परिभाषा समझ आती है. तो चलिए हम आज आपको कुछ बातें बता रही है, जो मेहनती व्यक्ति अपने जीवन में अपनाता है, और सफलता का स्वाद चखता है. यही बातें/आदर्श हम अपने जीवन में उतार कर सफल हो सकते है.

*समय की बर्बादी न करें

कई लोग आलस का दामन थामे रहते है, वे लोग परिश्रम करने की जगह आराम से धीरे-धीरे काम करके जीवन बिताना चाहते है. परिश्रमी व्यक्ति कभी भी समय की बर्बादी में विश्वास नहीं रखता, वह निरंतर

काम करते रहने में विश्वास रखता है. समय की बर्बादी आलसी, लोगों की निशानी है. कई बार ऐसा भी होता है कि परिश्रम करते रहने से भी मन मुताबित फल नहीं मिलता है, या फल मिलने में देरी होती है. लेकिन इस बात से हार मानकर नहीं बैठना चाहिए. परिश्रम व काम पर विश्वास से सही समय पर सही चीज मिल ही जाती है.

* धन के पीछे न भागें

परिश्रम का ये मतलब नहीं है कि, पैसा कमाने की होड़ में लगे रहें. धन हमारी जिंदगी का बहुत बड़ा हिस्सा है, लेकिन धन ही ज़िन्दगी नहीं होती है. धन के पीछे परिश्रम करने से दुनिया की सुख सुविधा तो मिलती है, लेकिन कई बार मन की शांति नहीं मिलती. परिश्रम का ये मतलब नहीं कि आप ज़िन्दगी जीना छोड़ दें, और पैसे कमाने में लग जाएँ. परिश्रम करते हुए, अपने लोगों को साथ लेकर जीवन में आगे बढ़े. ज़िन्दगी जीने का नाम है, यहाँ हर वक्त खुश, मौज मस्ती करते रहें|

इच्छा अनुसार ही काम चुने – कुछ लोग बेमन से काम करते है, जिससे वे अपना 100% उस काम में नहीं देते है. ऐसे लोग किसी और की इच्छा के अनुसार ये काम चुन लेते है, जिससे उन्हें एक दबाब महसूस होता है, और वे लोग काम में परिश्रम करने की जगह बस नाम के लिए ऐसे ही काम करते है. हमें अपनी इच्छा के अनुसार ही काम करना चाहिए, तभी उसे पुरे मन व लगन से कर पायेंगें. काम में मन लगेगा तभी हम खुद से परिश्रम करने की भी इच्छा रखेंगें.

*असफलता से हार न माने

सफल व्यक्तियों के जीवन को देखें तो जानेंगें, उन्हें पहली बार में ही सफलता नहीं मिली थी. निरंतर प्रयास से वे अपने मुकाम तक पहुंचे थे. उदाहरण के तौर पर अगर शाहरुख़ खान फिल्मों में आने से पहले ही ये सोच लेता कि उसे यहाँ काम मिलेगा ही नहीं तो वह आज इतना बड़ा स्टार न बनता. अगर धीरुभाई अम्बानी उस छोटी सी कुटिया में बस बैठे रहते, मेहनत न करते तो आज इतना बड़ा अम्बानी का कारोबार न होता. अगर अब्राहम लिंकन परिश्रम न करता, स्ट्रीट लाइट में बैठकर पढाई न करते तो वे अमेरिका के राष्ट्रपति कभी न बन पाते. नरेंद्र मोदी जी परिश्रम न करते तो आज चाय की ही दुकान में बैठे होते.

ये महान हस्तियाँ हमें यही सिखाती है कि हार कर घर नहीं बैठो, बल्कि उठो आगे बढ़ो, क्यूंकि हर सुबह उम्मीद की एक नयी किरण लाती है. हमें नया दिन मिला है, मतलब परमेश्वर के पास अभी भी हमारे लिए एक अच्छी योजना है, जो हमारे भलाई के लिए है, न कि हमें नष्ट करने के लिए. परिश्रम के बल पर दुनिया में हर चीज संभव है.

परिश्रम से एक न एक दिन सफलता जरुर मिलती है – आज हम अगर विज्ञान के इतने चमत्कार देख पा रहे है, तो ये मानव जाति के परिश्रम का ही फल है. विज्ञान की तरक्की की वजह से आज हम चाँद में अपना कदम रख चुके है, व मंगल गृह पर अपना घर बसाने वाले है. देश विदेश में तरक्की भी वहां रहने वाले नागरिकों की वजह से होती है. पूरी दुनिया में विकसित व विकासशील देश है. ये सब परिश्रमी व्यक्तियों की वजह से ही यहाँ तक पहुँच पायें है. अमेरिका, चीन, जापान जैसे देशों के साथ आज हमारे भारत का नाम भी लिया जाता है, जो जल्द ही विकसित देशों की लिस्ट में आने लगेगा. जापान में हुए परमाणु बम विस्फोट के बाद, कुछ साल पहले आये विशाल भूकंप के बाद उसके अपने आप को फिर खड़ा किया, ये सब परिश्रम की वजह से संभव हो सका है.

* परिश्रम के फायदे

आपको जीवन की सारी सुख सुविधा मिलेंगी, लक्ष्मी की प्राप्ति होगी. आज के समय में धन जिसके पास है, वो दुनिया की हर सुख सुविधा खरीद सकता है.

परिश्रम से मानसिक व शारीरिक चुस्ती मिलती है. आज के समय में परिश्रम नहीं करने पर बहुत सी बीमारियाँ शरीर में घर कर लेती है. इसलिए फिर तंदरुस्ती, स्फूर्ति के लिए शारीरिक श्रम करने को बोला जाता है, जिस वजह से लोग फिर जिम में भी समय बिताने लगते है. मानसिक विकास के लिए उसका परिश्रम करते रहना बहुत जरुरी है, इसी के द्वारा लोगों ने नए नए अनुसन्धान दुनिया में किये है.

परिश्रम से हमारे जीवन में व्यस्तता रहती है, जिससे किसी भी तरह की नकारात्मक बातें हमारे जीवन में नहीं आ पाती, व इससे मन अंदर से शांति महसूस करता है.

परिश्रमी व्यक्ति हमेंशा सफलता की ओर अग्रसर रहता है, और समय समय पर उसे सफलता का स्वाद भी चखने को मिलता है.

दिवेश : अंकल अगर हम परिश्रम ना करें तो क्या होगा ?

संजय : हां बहुत अच्छा सवाल है , अगर हम मेहनत ना करें तो क्या होगा .

* परिश्रम नहीं करने से क्या होगा

जीवन में परिश्रम करना बहुत जरूरी है अगर हम आलस करते है और परिश्रम से दूर भागते है तो अपने जीवन में कभी हम सफल नही हो पायेंगे. हमें हमेशा गरीबी में ही अपना जीवनयापन करना पड़ेगा और हो सकता है एक दिन हम भूख से मर जाएँ. हमें अनेक ग्रन्थों में लिखा हुआ मिलता है की परिश्रम ही सफलता की कुंजी है, अगर हम परिश्रम नहीं करेंगे तो एक दिन हमारा आस्तित्व खत्म हो जाएगा. लोग हमसे बात करना नहीं चाहेंगे और हो सकता है आपको दुनिया के तानो से तंग आकर अपने आप को मिटाना पड़ें, यानि ख़ुदकुशी करनी पड़े. इसलिए अपने जीवन में सफलता पाने के लिए परिश्रम बहुत जरूरी है.

आलसी व्यक्ति हमेंशा दुखी, परेशान होता है, वह अपने जीवन को कोसता ही रहता है. वह यहाँ वहां की शैतानी बातें सोचकर दुखी रहता है. वह अपने हर काम के लिए दूसरों पर निर्भर रहना पसंद करता है, उसे लगता है, कोई और उसकी जगह मेहनत कर दे. लेकिन ये दुनिया का सबसे बढ़ा सच है कि अपना बोझ व्यक्ति को स्वयं उठाना पड़ता है, उसे अपने जीवन में आगे बढ़ने के लिए खुद ही परिश्रम करना होगा, इसमें उसकी मदद कोई भी नहीं सकता. परिश्रमी के जीवन में प्रसन्नता, शांति, सफ़लता बनी रहती है.

बच्चों अब तुम समझे मेरी बात को ..

(तभी संजय कि पत्नी भुमिका आ जाती है)

भुमिका : तुम भी ना कहीं पर भी बच्चों को प्रवचन देना शुरू कर देते हो घुमने आए हैं यहां पर प्रवचन देने नहीं .

दिवेश : हां आंटी देखो ना हमें ये अंकल हमें कब से पक्का रहें हैं .

संजय : अरे में इन्हें समझा रहा हूं अगर मेहनत ना करोंगो तो क्या होगा .

भुमिका : बहुत बढ़िया चलों पहले मंदिर के दर्शन करके आते हैं फिर खाना खाएंगे .

विवेक : आंटी आपसे एक सवाल पुछना चाहता हूं . लड़कियां विदाई के समय इतना क्यों रोती है .

आरती :अगर तुम्हें पता चले...

अपने घर से दूर ले जाकर कोई तुमसे

'बर्तन मंजवाएगा' तो तुम क्या करोगे नाचोगे और खुशियां मनाओगे .

(ये जवाब सुनकर संजय अंकल के होश उड़ गए)

संजय : (उम्मीद भरी नजरों से) अरे बाप रे तुम मुझसे शादी कर खुश नहीं हो .

भुमिका : अरे बाप रे मजाक कर रही हुं संजय , अब जाकर कपड़े बदलो मंदिर के दर्शन करने चले .

संजय : हां तुम चलों में अभी आया . चलो बच्चों में कपड़ा बदलने जा रहा हूं , थोड़ा पढ़ने - लिखने पर ध्यान दो .

सत्यम : ओके अंकल जी .

(अब वह दिन का इंतजार खत्म हुआ हमारे प्यारी सी बुढ़िया का जन्मदिन आ गया . बुढ़िया का बेटा हर साल बुढ़िया का जन्मदिन मनाता था . इस साल भी बुढ़िया का जन्मदिन मनाया गया . बुढ़िया ने पुरे मोहल्ले के लोगों को आमंत्रित किया था और उस में हम भी थे . अब हमने सोचा बुढ़िया आंटी को गिफ्ट क्या देंगे मम्मी ने मुझे 51 रूपए दिए हैं बुढ़िया आंटी को देने के लिए लेकिन हमने सोचा हम बुढ़िया आंटी को पैसे नहीं देंगे गिफ्ट देंगे .)

विवेक : दिवेश बुढ़िया को क्या गिफ्ट दें .

दिवेश : पैसे ही दे देना ओर क्या देगा . 50 रूपए से कितना बड़ा गिफ्ट लेगा .

गौतम : हां यार छोड़ दे रहने दे गिफ्ट मत दें पैसा दे देना .

विवेक : नहीं में गिफ्ट ही दुंगा . में बुढ़िया को एक कलम दुंगा और एक लिफाफा में चिट्ठी .

दिवेश : लेकिन तू उस में लिखेगा क्या .

विवेक : वह मुझ पर छोड़ दो .

(हम सभी रात को 8:00 बजे बुढ़िया के घर पर गए बर्थडे पार्टी में गए . हम सभी के घर से सिर्फ हम ही आए थे . मस्त खाया पिया बुढ़िया को गिफ्ट दिया और बूढ़ी आंटी को कहा यह गिफ्ट कल खोलना ओर इसमें एक लिफाफा भी है उसे ध्यान से पढ़ना . अब हम चलते हैं 2 दिन बाद स्कूल खुल जाएगा , अब तो खेलने को भी नहीं मिलेगा . इतना कहकर हम वहां से चल दिए. अगले दिन बुढ़िया ने गिफ्ट खोला लिफाफे में एक कलम था और एक चिट्ठी थी . उस चिट्ठी में मैंने लिखा था .)

नमस्ते प्यारी बूढ़ी आंटी आरती ,

जन्मदिन मुबारक हो आपको . आप सदा खुश रहें और स्वस्थ रहें यही मै कामना करता हूं भगवान से . लेकिन हम जब क्रिकेट खेले तब हमें डांटना मत . आप ही बताइए हम क्रिकेट खेलने कहां जाएं . सिर्फ एक घंटा खेलते हैं उसमें भी सभी को तकलीफ रहता है , कहीं भी जाओ उधर से भगा देते हैं 'कहने लगते हैं चलो घर पर जाकर सो जाओ अभी खेलने का समय नहीं है सुबह खेलो तब समय नहीं शाम को खेलो तब समय नहीं तो हम खेले ही कब . इसलिए मैंने आपको चिट्ठी लिखा है . भले आपकी हाइट 4 फुट हो लेकिन आप बहुत ही खतरनाक है , मैंने सोचा कि आप बहुत अच्छी है सभी बच्चों से प्यार करती है, किसी को भी डांटती नहीं है .

में उम्मीद करता हूं आप हमें क्रिकेट खेलने देंगे और सिर्फ 2 दिन बचे हैं स्कूल खुलने में उसके बाद तो हमें लेशन से फुर्सत मिलेगा तभी क्रिकेट खेलेंगे . मैं उसके लिए आपसे माफी मांगता हूं जब मैंने आपके ऊपर बोतल से भरा पानी फेंक दिया था ,आपके बालों में चिंगम चिपका और आपको बहुत तंग किया . बोना बोना और बुढिया कहके चिढ़ाया उसके लिए फिर से माफी मांगता हूं .

मैंने जितना भी यह लिखा है यह सब मजाक है . माफ करना बुढ़िया आंटी मुझे मजाक करने की आदत है , अब मजाक कर दिया है तो क्या करूं इसीलिए मैंने सोचा मैं आपके सामने तो मजाक नहीं कर सकता इसलिए मैंने चिट्ठी लिखकर मजाक कर लिया . हम हर रोज क्रिकेट खेलेंगे हर रोज आपको परेशान करेंगे . अब आप मुझे दोबारा थैंक यू

लिखकर चिट्ठी मत भेजना . हमारे सारे गेंद वापस कर देना .

धन्यवाद मैं विवेक

उस दिन से मैं बुढ़िया के सामने कभी नहीं गया . बुढ़िया ने मेरे चिट्ठी को इतना ध्यान नहीं दिया . लेकिन बुढ़िया ने कलम अपने पास रखा . बहुत ही ज्यादा मस्ती किया बुढ़िया के साथ और वह भी हमें बहुत सताती थी , जो भी आपने मिलता उसी से बच्चों को मारती थी . एक तो 4 फुट ऊंचाई है और ऊपर से तेवर तो बहुत ज्यादा.

2 दिन बाद स्कूल खुल गया . पहले दिन में स्कूल में गया गुड़िया के नजरों से चुपके . लेक्चर था समाजिक विज्ञान उसमें सर ने हमें बहुत ही विस्तार से इतिहास बताया .

आप भी थोड़ा जान ले वो इतिहास ..

महापुरुषों को प्रतीक के रूप में इस्तेमाल करते हुए यह पार्टियां भी आजादी की कहानी को उलझा देती हैं। इस वजह से इतिहास की सही तस्वीर सामने नहीं आ पाती। युवाओं की जानकारी भी कुछ नामों पर जाकर ठिठक जाती है।

हमने ख्यात इतिहासकार पुष्पेश पंत से जाना कि यदि संक्षेप में भारत के स्वतंत्रता संग्राम की कहानी सुनाई जाए तो उसमें क्या-क्या होना चाहिए। उन्होंने कई महत्वपूर्ण मुद्दों की ओर ध्यान खींचा। इसी आधार पर हम आजादी की कहानी को चार हिस्सों में बांट रहे हैं। ताकि आप भी संक्षेप में समझ सके कि हमारे पूर्वजों ने किस तरह संघर्ष किया और हमें आज की जिंदगी दी है।

1. ईस्ट इंडिया के आगमन से प्लासी (1600-1757): आजादी को समझना है तो गुलाम बनने की कहानी भी जरूरी है। जब ईस्ट इंडिया कंपनी को 1600 में ब्रिटिश महारानी से कारोबार की इजाजत मिली तब तक भारत में फ्रेंच, पुर्तगाली और डच कब्जा जमा चुके थे।

भारत से सूती कपड़े, रेशम, काली मिर्च, लौंग, इलायची और दालचीनी यूरोप जाने लगा था। ईस्ट इंडिया कंपनी का जहाज 1608 में सूरत पहुंचा। वहां पुर्तगालियों को डच ईस्ट इंडिया कंपनी की मदद से रास्ते से हटाया।

फिर मुगल शासक जहांगीर से रिश्तों को मजबूती दी। यूरोपीय वस्तुओं के बदले भारतीय शासकों का दिल जीता। धीरे-धीरे कूटनीति के जरिये उनके राजनीतिक मामलों में दखल शुरू किया। ताकत भी बढ़ाते रहे।

कंपनी ने मुगल से टैक्स में छूट प्राप्त कर ली थी। अब अफसर भी निजी कारोबार करने लगे थे और वे टैक्स नहीं चुकाते थे। इसका बंगाल के नवाब सिराजुद्दौला ने विरोध किया। कलकत्ता में ब्रिटिश संपत्ति पर कब्जा जमा लिया। अधिकारियों को गिरफ्तार कर लिया।

तब कंपनी का एक और गढ़ था मद्रास (आज का चेन्नई) में। वहां से रॉबर्ट क्लाइव नौसेना लेकर आए और 1757 में सिराजुद्दौला से प्लासी का युद्ध लड़ा। सिराजुद्दौला के सेनापति मीर जाफर ने विश्वासघात किया और युद्ध में नवाब की मौत हो गई।

2.कंपनी बहादुर से पहले स्वतंत्रता संग्राम (1757-1857) : जल्द ही कंपनी को लगने लगा कि कठपुतली नवाब काम नहीं आएंगे। सत्ता अपने हाथ में होनी चाहिए। तब 1765 में मीर जाफर की मौत के बाद कंपनी ने रियासत अपने हाथ में ली। मुगल सम्राट ने कंपनी को बंगाल का दीवान बना दिया यानी "कंपनी बहादुर" अस्तित्व में आया।

अंग्रेजों के सामने दो बड़ी चुनौतियां तब भी थीं। दक्षिण में टीपू सुल्तान और विंध्य के दक्षिण में मराठा। टीपू ने फ्रेंच व्यापारियों से दोस्ती कर ली थी। सेना को आधुनिक बना लिया था। वहीं, मराठा दिल्ली के जरिए देश पर शासन करना चाहते थे।

कंपनी ने टीपू और उनके पिता हैदर अली से चार युद्ध लड़े। लेकिन 1799 में टीपू श्रीरंगपट्टनम की जंग में मारे गए। इसी तरह, पानीपत की तीसरी लड़ाई में हार के बाद मराठा साम्राज्य टुकड़ों में बंटा था। 1819 में अंग्रेजों ने पेशवा को पुणे से लाकर कानपुर के पास बिठुर में बिठा दिया।

इस बीच, पंजाब बड़ी चुनौती बना रहा था। महाराजा रणजीत सिंह जब तक रहे, तब तक उन्होंने अंग्रेजों की दाल नहीं गलने दी। लेकिन 1839 में उनकी मौत के बाद हालात बदल गए। दो लड़ाइयां और हुईं और दस साल बाद पंजाब पर अंग्रेज काबिज हो गए।

1848 में लॉर्ड डलहौजी विलय नीति लेकर आए। जिस शासक का कोई पुरुष उत्तराधिकारी नहीं होता था, उस रियासत को कंपनी अपने कब्जे में ले लेती। इस आधार पर सतारा, संबलपुर, उदयपुर, नागपुर और झांसी पर अंग्रेजों ने कब्जा जमाया। इसने 1857 की क्रांति के बीज बोए।

सीताराम पांडे ने "फ्रॉम सिपॉय टू सुबेदार" संस्मरण में लिखा है कि यह सबको लग रहा था कि अंग्रेज भारतीय धर्मों का सम्मान नहीं करते।

नाराजगी तो थी लेकिन जब यह खबर आई कि नई बंदूकों के कारतूसों पर गाय और सूअर की चर्बी का लेप है तो कंपनी में सिपाही भड़क गए।

1857 में मेरठ में सिपाही विद्रोह के चलते मंगल पांडे को फांसी पर चढ़ाया गया। वहां से उठी चिंगारी ने झांसी, अवध, दिल्ली, बिहार में क्रांति को हवा दी। रानी लक्ष्मीबाई, बहादुर शाह जफर, नाना साहेब आदि ने मिलकर एक साथ बगावत कर दी। अंग्रेजों को खदेड़ दिया गया था।

3. इंग्लैंड की महारानी के शासन से गांधी तक (1858-1915) : कंपनी ने तब लंदन से फौज बुलवाई। सितंबर-1857 में दिल्ली में फिर अंग्रेजों का कब्जा हुआ। मार्च-1858 में लखनऊ, जून-1858 में झांसी पर अंग्रेज फिर हावी हुए। ब्रिटिश संसद ने कानून पारित किया और भारत की सत्ता ईस्ट इंडिया कंपनी के हाथ से महारानी के हाथ में चली गई।

ब्रिटिश मंत्रिमंडल के सदस्य को भारत का मंत्री बनाया गया। उसकी मदद के लिए इंडिया काउंसिल बनाई गई। गवर्नर जनरल अब वायसराय था यानी इंग्लैंड के राजा-रानी का निजी प्रतिनिधि। इस तरह, अंग्रेज सरकार ने सीधे-सीधे भारत की बागडोर संभाल ली।

1858 में जब ब्रिटिश राज आया तब उसके कब्जे में आज का भारत, बांग्लादेश, पाकिस्तान और बर्मा था। वहीं, गोवा और दादर नगर हवेली पुर्तगाली कॉलोनी थे जबकि पुडुचेरी फ्रेंच कॉलोनी।

ब्रिटिश शासन आते ही तटीय इलाकों यानी मद्रास, बॉम्बे, कलकत्ता और इसके आसपास के पुणे जैसे शहर पढ़ाई-लिखाई के बड़े केंद्र बन गए। वहां संभ्रांत भारतीय परिवारों के युवा पढ़-लिख रहे थे। इसी दौरान सामाजिक सुधार शुरू हुए।

दिसंबर-1885 में रिटायर्ड ब्रिटिश अधिकारी एलेन ओक्टोवियन ह्यूम ने ब्रिटिश शासन और भारत की सिविल सोसायटी में समन्वय की भूमिका निभाने भारतीय राष्ट्रीय कांग्रेस बनाई। इसका उद्देश्य आजादी की लड़ाई लड़ना नहीं बल्कि ब्रिटिश शासन में अपनी भूमिका निभाना था।

सुरेंद्रनाथ बनर्जी कलकत्ता में, महादेव गोविंद रानाड़े पूना में सक्रिय हुए। प्रार्थना समाज, आर्य समाज जैसे संगठन सक्रिय हुए। इसी दौरान 1906 में ढाका में मुस्लिम लीग ने आकार लिया। यह सामाजिक, धार्मिक और राजनीतिक संगठन ही आगे राष्ट्रवादी चेतना की प्रेरणा बने।

1905 में लॉर्ड कर्जन ने बंगाल का विभाजन किया। इससे बंगाल भड़क उठा। कांग्रेस नेतृत्व ने इसे "बांटो और राज करो" की नीति बताया। बंगाल से उठी राष्ट्रवाद की प्रचंड धारा से वंदे मातरम कांग्रेस का राष्ट्रगीत बना। बंकिम चंद्र चटर्जी के उपन्यास आनंद मठ से लिए इस गीत को रबींद्र नाथ टैगोर ने संगीतबद्ध किया था।

बंगाल में कलकत्ता समेत सभी इलाकों में विदेशी कपड़ों की होली जलाई गई। पूरे देश में "बंग भंग" आंदोलन की चिंगारी पहुंच गई। यह आग पूना, मद्रास और बॉम्बे में भी फैली। अंग्रेजी पढ़ाई का विरोध हुआ। पंडित मदन मोहन मालवीय ने 1910 में बनारस हिंदू विश्वविद्यालय की स्थापना की।

वहीं, ब्रिटेन में भी हालात बदल रहे थे। 1906 में लिबरल पार्टी ने चुनाव जीते और भारत को देखने का नजरिया बदला। कम से कम दिखाया तो ऐसा ही। वायसराय लॉर्ड मिंटो और भारत के लिए मंत्री जॉन मोर्ली ने सुधार लागू किए। भारतीयों को राजनीति और शासन में हिस्सेदारी दी गई।

1910 में सुप्रीम काउंसिल में भारतीय सदस्य बढ़ गए। गोपालकृष्ण गोखले जैसे नेता उससे जुड़े। उन्होंने इस पर कहा था कि इससे पहले तक वे बाहर से हमला करते रहे, लेकिन अब अंदर से हमले भी कर सकेंगे।

पर इससे पहले ही 1907 में कांग्रेस दो धड़ों में टूट गई थी। गरम दल और नरम दल। नरम दल सरकार के साथ रहकर काम करना चाहता था।

वहीं, गरम दल में "लाल-पाल-बाल' की तिकड़ी थी। यानी लाला लाजपत राय, बाल गंगाधर तिलक और विपिन चंद्र पाल।

तिलक ने क्रांतिकारी प्रफुल्ल चाकी और खुदीराम बोस के बम हमलों का समर्थन किया। उन्हें बर्मा की जेल भेज दिया गया। उसके बाद पाल और अरविंद घोष ने सक्रिय राजनीति से संन्यास ले लिया। धीरे-धीरे यह उग्र राष्ट्रवादी आंदोलन भी कमजोर पड़ गया। 1928 में लाला लाजपत राय की भी अंग्रेजों के लाठीचार्ज में मौत हो गई।

1911 में मिंटो की जगह लॉर्ड हार्डिंग्ज आए और उन्होंने विभाजित बंगाल को एक कर दिया। लेकिन, बिहार और ओडिशा को अलग कर नया प्रांत बना दिया। राजधानी भी कलकत्ता से उठाकर दिल्ली ले आए। मुस्लिम लीग की मांग पर परिषदों में कुछ सीटें मुस्लिमों के लिए आरक्षित रखी गई।

4. महात्मा गांधी से आजादी की लड़ाई तक (1915-1947): मोहनदास करमचंद गांधी यानी बापू 1915 में दक्षिण अफ्रीका से लौटे। वे वहां नस्लभेदी पाबंदियों के खिलाफ अहिंसक आंदोलन के प्रणेता थे। गोपालकृष्ण गोखले की सलाह पर उन्होंने सबसे पहले पूरे भारत का दौरा किया।

भारत का दौरा करने के बाद वे चंपारण, खेड़ा और अहमदाबाद के स्थानीय आंदोलनों से जुड़े। 1919 में रॉलट कानून के खिलाफ सत्याग्रह किया। यह ब्रिटिश शासन के खिलाफ पहला एकजुट आंदोलन था।

आंदोलनों को दबाने के लिए ब्रिटिश अधिकारियों ने दमनकारी हथकंडे अपनाए। अप्रैल 1919 में बैसाखी के दिन जलियांवाला बाग में जुटे प्रदर्शनकारियों पर गोलियां चलाई। इसमें 400 से अधिक लोग मारे गए थे।

जलियांवाला बाग हत्याकांड और खिलाफत आंदोलन की पृष्ठभूमि में 1920-21 में असहयोग आंदोलन शुरू हुआ। विदेशी कपड़ों की होली जलाई जाने लगी। देश के अलग-अलग हिस्सों के छुटपुट आंदोलन भी इससे जुड़ते चले गए।

फरवरी 1922 में किसानों ने चौरी-चौरा पुलिस थाने को आग लगा दी। 22 पुलिस वाले मारे गए। तब गांधीजी ने असहयोग आंदोलन वापस

ले लिया। महत्वपूर्ण यह भी है कि इसी दशक में राष्ट्रीय स्वयंसेवक संघ और भारतीय कम्युनिस्ट पार्टी जैसे परस्पर विरोधी विचारों के दल भी बने।

उस समय कांग्रेस पूरी तरह से गांधी जी के प्रभाव में थी। जवाहरलाल नेहरू की अध्यक्षता में कांग्रेस ने 1929 में पूर्ण स्वराज का प्रस्ताव पारित किया। 26 जनवरी 1930 को पूरे देश ने स्वतंत्रता दिवस भी मनाया।

इस दौरान भगत सिंह, चंद्रशेखर आजाद, सुखदेव और अन्य मजदूरों और किसानों की क्रांति चाहते थे। हिंदुस्तान सोशलिस्ट रिपब्लिकन पार्टी भी बनाई थी। लाला लाजपत राय को पुलिस लाठीचार्ज में मौत के घाट उतारने वाले पुलिस अफसर सांडर्स की 17 दिसंबर 1928 को भगत सिंह, राजगुरु और सुखदेव ने हत्या कर दी।

इसके बाद बीके दत्त के साथ मिलकर भगत सिंह ने 8 अप्रैल 1929 को केंद्रीय विधान परिषद में बम फेंका। क्रांतिकारियों ने पर्चे में लिखा था कि उनका मकसद किसी की जान लेना नहीं बल्कि बहरों को सुनाना है। भगत सिंह, राजगुरु और सुखदेव को 23 मार्च 1931 को फांसी पर चढ़ाया गया।

इधर, गांधी जी ने 1930 में साबरमती से 240 किमी दूर स्थित दांडी तट तक मार्च किया। उन्होंने अंग्रेजों के नमक पर टैक्स वसूलने वाले कानून का विरोध किया। इसमें लोगों ने बड़े पैमाने पर उनका साथ दिया। यहीं से सविनय अवज्ञा आंदोलन शुरू हुआ।भारत में हर स्तर पर राष्ट्रीय चेतना बढ़ गई थी, तब 1935 में गवर्नमेंट ऑफ इंडिया एक्ट बना। प्रांतों को स्वायत्तता दी गई। 1937 में चुनाव हुए तो 11 में से 7 प्रांतों में कांग्रेस की सरकार बनी थी।

1939 में दूसरा विश्वयुद्ध छिड़ गया। कांग्रेस के नेता ब्रिटेन की मदद करना चाहते थे, लेकिन बदले में भारत की स्वतंत्रता की मांग कर रहे थे। अंग्रेजों ने बात नहीं मानी तो कांग्रेस सरकारों ने इस्तीफे दे दिए।

महात्मा गांधी ने दूसरे विश्व युद्ध के बाद भारत छोड़ो का नारा दिया। इसे दबाने के लिए ब्रिटिश सरकार को पसीना आ गया। कई इलाकों में तो लोगों ने अपनी सरकार तक बना ली थी। हालांकि, इस

समय तक महात्मा गांधी की कांग्रेस पर पकड़ कमजोर हो गई थी।

इस बीच, सुभाषचंद्र बोस ने कांग्रेस नेताओं से मतभेद उभरने पर पार्टी छोड़ी और 1941 में जर्मनी के रास्ते सिंगापुर पहुंचे। वहां आजाद हिंद फौज बनाई। यह फौज 1944 में इम्फाल और कोहिमा के रास्ते भारत में प्रवेश करने में नाकाम हुई। अधिकारी गिरफ्तार हो गए।

दूसरे विश्वयुद्ध के बाद 1945 में अंग्रेजों ने कांग्रेस और मुस्लिम लीग से स्वतंत्रता पर बातचीत शुरू की। लीग चाहती थी कि उसे भारतीय मुसलमानों का प्रतिनिधि माना जाए, लेकिन कांग्रेस राजी नहीं थी। दोनों के बीच मतभेद भारत और पाकिस्तान में विभाजन का कारण बने। 14 अगस्त को पाकिस्तान और 15 अगस्त को भारत स्वतंत्र देश बन गए।

इतना सारा इतिहास बता दिया हमारे सरजी ने .

एक दिन स्कूल में डांस प्रतियोगिता आयोजित किया गया था . मैंने डांस प्रतियोगिता में भाग नहीं लिया . सभी ने ऐसा डांस किया फिर आज के बाद से कभी भी स्कूल में डांस प्रतियोगिता आयोजित नहीं किया गया . डांस देखकर लोट पोट हो गए सभी .प्रिंसीपल सर ने कहा था इस डांस प्रतियोगिता में सभी खुद से प्रेक्टिस करके अपना जलवा अदा करेंगे . सभी ने ऐसा जलवा अदा किया कि डांस प्रतियोगिता आयोजित होना ही बंद हो गया लेकिन बहुत ही ज्यादा मजा आया .

आज भी वह बुढ़िया आंटी जिंदा है . बुलाती है मुझे कभी घर पर आओ लेकिन मैं डर के कारण कभी घर से जाता ही नहीं था . बुढ़िया सिटी में रहती थी और हम अर्बन जैसे एरिया में रहते थे . आज मैं 19 साल का हो गया और शायद बूढ़ी आंटी का उम्र 62 साल हो गया होगा वो आज भी मुझे को याद करती है. मैं भी याद करता हूं कभी-कभी , मैं जब भी याद करता तो मुझे बहुत हंसी छूटती है . बहुत परेशान किया बूढ़ी आंटी को , लेकिन बूढ़ी आंटी ने मेरा दिया हुआ गिफ्ट अभी तक संभाल के रखा है.

धन्यवाद

हम सभी को क़िताबें तो पढ़नी ही चाहिए। आज मेरे पिताजी मेरे साथ होते तो उन्हें बहुत खुशी होती। इसका सारा श्रेय मेरे पिताजी को जाता है। वो मुझे हमेशा प्रेरणा देते थे। वो जहां भी सदा मेरे हृदय में स्थित रहेंगे। आप सभी अपना प्यार मुझ पर बरसाते रहिएगा । में ऐसे ही मजेदार कहानियां लेकर आपके सामने पेश करूंगा। धन्यवाद

www.ingramcontent.com/pod-product-compliance
Lightning Source LLC
Chambersburg PA
CBHW021147130726
47988CB00004B/1507